Tout n'est pas d'Or…

Michèle Marie Lapanouse

Photo de couverture Can Stock Inc.

MIXTE
Papier issu de sources responsables
Paper from responsible sources
FSC® C105338

FSC
www.fsc.org

Amour ou amitié ?

On ne peut offrir un trésor d'abondance de tendresse et de compassion qu'à une seule et unique personne, mais l'offrir également à celles qui en ont autant besoin. Personne n'appartient à personne. Il faut savoir donner et recevoir dans les deux sens dans le partage, la liberté et le don de soi. L'amour en est le secret et la clé pour accéder au bonheur suprême.

L'amour est la plus puissante note musicale et la plus harmonieuse qui nourrit le cœur par sa magie en devenant plus brûlant que le soleil. Il nous emporte dans des rêves fabuleux, nourrit notre chair et embellit notre âme par sa pureté, sa beauté et sa générosité. Il est l'union entre harmonie, désir et passion.

Une femme porte en elle la vie sacrée, source inépuisable de tendresse. Elle est l'amie, l'amante et la muse de tous les instants.

Rêver derrière l'écran de notre ordinateur à la beauté et la splendeur de notre planète, aux animaux, à la mer, aux paysages de notre belle terre, au chant des oiseaux, aux femmes et aux hommes des contrées, n'est possible que si l'amour est en nous.

Le cœur saigne et les larmes comme une punition coulent lentement, douloureusement sur nos joues quand la solitude est le lot quotidien pour beaucoup de personnes. Si on en fait partie cela fait mal. Il ne reste que l'espoir pour survivre sur le chemin que l'on n'avait pas choisi, afin d'espérer de meilleurs jours par le miracle de l'amour ou de l'amitié qui sera au rendez-vous.

L'amour vivant, c'est une belle vie ! C'est bien manger, faire l'amour, rire, rester pragmatique. L'amitié et l'amour sont issus d'une même essence, mais la différence est que l'amour est charnel et l'amitié platonique.

L'amour est un cadeau du ciel. Notre cœur est malheureux lorsqu'on ne le partage pas avec quelqu'un d'autre. La vie, sans aimer et sans être aimé, devient fade. Notre âme erre à la recherche d'un bonheur perdu.

Aimer plusieurs personnes au cours d'une vie, n'est-ce pas merveilleux ? Notre bonheur dépend chaque fois d'un

nouvel amour, comme le soleil qui se
lève chaque matin.

L'amour est le sel de la vie. Quand il
n'y a que le vide, nous sombrons et
devenons peu de chose. C'est alors que
tout devient sombre et les souvenirs nous
tourmentent pour faire de nous des
fantômes du passé.

On se raccroche à la vie pour ne pas
tomber dans le néant, mais plutôt aller
vers la lumière, celle du parfait bonheur,
de la beauté de la nature, d'un monde
unique et précieux au regard. L'être
humain pense qu'il peut se suffire à lui-
même. Erreur ! Il ne peut être séparé de
la nature et des animaux. Pensons à
l'arche de Noé et revenons à la source,
car nous ne pouvons survivre sans eux.

L'être humain a une âme comme toute espèce vivante.

L'arche de Noé ? Je ne crois pas que l'histoire se répète, mais évolue ou bien un retour se produira après une nouvelle destruction de notre terre mère. Nous sommes à la fin d'un cycle, une fin de ce monde. Ne soyons pas aveugles, mais réalistes.

Vous, la jeunesse du futur, si vous ne réagissez pas dès maintenant, il sera trop tard. Vous êtes les héritiers d'un nouveau monde à venir.

Les deux plus belles formes d'expressions que le cœur puisse ressentir et offrir sont l'amour et l'amitié. L'une est une amitié avec une relation sexuelle et l'autre, une amitié aussi forte que l'amour, mais sans relation sexuelle. Les deux sont Amour, nous comblent de bonheur. On peut dire que l'un ou l'autre se ressemblent.

Le bonheur ne s'achète pas, mais se donne généreusement pour rendre l'autre heureux par une présence aimante et respectueuse. On ne peut changer une autre personne, ni prendre possession d'elle, ni lui ôter sa liberté. Ce serait alors la rendre esclave et misérable. Tout le contraire de l'amour et de l'amitié. Un oiseau n'est-il pas libre et heureux lorsqu'il vole ? En cage, il serait malheureux et prisonnier.

Il y a toujours eu depuis la création de notre monde, des évolutions et des chaos pour en commencer un nouveau. Nous sommes actuellement au début d'une nouvelle ère, celle du verseau. Un homme différent atteindra un degré supérieur par une intelligence plus développée. L'amour triomphera du mal. Le respect des religions, l'égalité entre toutes les femmes et tous les hommes de couleur conduiront le monde vers un règne de justice.

La musique, l'écriture et la peinture nous élèvent au-dessus du beau et du majestueux. Cela flatte le cœur et l'esprit pour nous conduire vers des cieux inconnus où nous avons notre place parmi les Anges.

Le Coronavirus transmet au monde un message. Celui d'une terre nouvelle. Sauvons avant tout notre globe terrestre, nos animaux et la nature. Combattons la pollution. La renaissance de notre terre offrira une seconde vie et un but à atteindre par les humains. Soyons solidaires pour vaincre. Vous les jeunes qui êtes l'après monde, sauvez notre planète, car elle est en péril plus que jamais. Si ce virus précédemment nommé est l'incarnation de l'Ange de la mort, il y a aussi l'Ange de la vie. Rien n'est venu par hasard, mais un signe nous a été envoyé pour changer nos idées, notre nouvelle façon de vivre.

Ce monde d'argent va s'écrouler et les valeurs humaines d'amour et de partage reviendront pour réunir les peuples du monde entier qui seront dans la précarité. Toute richesse sur la terre n'aura aucune valeur, vous pourrez posséder des lingots d'or, mais qu'en ferez-vous? Si ce ne sont que des échanges contre des services.

Le coronavirus, la nouvelle peste du XXIe siècle, par l'isolement des uns et des autres à l'échelle mondiale, a permis aux êtres humains de penser qu'ils n'étaient plus des otages et encore moins les automates des gouvernements, mais solidaires de tous les continents. Il est vrai que la bible et de célèbres voyants ont annoncé un nouveau monde, celui de l'âge d'or. Nous y sommes presque, car les consciences après cela, ne seront plus les mêmes. La méchanceté, l'égoïsme, le profit seront bannis. Un amour inconditionnel apportera un nouvel élan au monde, avec moins de pollution, plus de justice, un amour plus fort envers nos animaux et un sauvetage de la nature. Comment pourrons-nous rester indifférents et insensibles à tant de meilleures choses ? Notre futur en dépend.

Unissons-nous tous par un acte d'amour envers tous les peuples de la Terre, qu'ils soient noirs, jaunes ou blancs. Cette leçon humanitaire ouvrira les esprits dans un nouveau monde de réconciliation, de respect et de paix.

Le monde se répète au cours des civilisations par des maladies infectieuses comme furent la peste, la grippe espagnole, la rage et tant d'autres au cours des siècles passés. La terre se transforme et nous impose sa loi éternelle. Impuissants, nous subissons sa colère. Orgueilleux, nous nous croyons au dessus de Dieu, mais quand la mort rôde, la peur nous enveloppe et nous devenons de pauvres humains sans défense.

Dispenser des pensées positives à nos prières, de la compassion pour ceux qui souffrent et qui sont seuls, mais aussi dans une grande précarité, devient une priorité. Une chaîne humaine triomphera contre le mal, parce que le bien restera fort, plus puissant. Seule la lumière illuminera nos âmes dans la joie. Partageons tous ensemble parmi tous les peuples un amour fraternel et nos vœux de guérison pour les malades atteints du coronavirus ainsi que le soutien à nos soldats en blouse blanche et à nos chercheurs du monde entier. Sans eux, nous sommes vulnérables.

Nous subissons un changement de civilisation, car l'ère du Verseau vient de quitter l'ère du Poisson. Un mal pour un bien. Le coronavirus est un signal, car il rapprochera toutes les nations par une nouvelle forme d'entraide et de compassion. Je ne dirais pas celle du communisme, mais en s'en inspirant, les fortunes du monde seront partagées parmi les êtres humains. Les biens matériels n'existeront plus. La nature nous apportera une grande leçon. Pour survivre, il faudra changer notre monde actuel, car nous manquerons de toute chose. Nous sommes arrivés à un tournant de l'humanité.

Depuis des siècles les femmes n'ont jamais baissé les bras pour être les égales des hommes. Jusque là, elles gênaient la gente masculine. Aujourd'hui, dans le monde entier, se sont élevées des femmes brillantes et érudites dans tous les domaines qui ont changé le cours de l'histoire.

Quand le cœur devient plus brillant que le soleil, plus lointain que les étoiles et qu'il se met à chanter, c'est qu'une lumière l'inonde des mille feux d'amour. Le miracle de la vie est de croire que l'on existe parmi des millions d'êtres humains, mais qu'un seul a le pouvoir.

Lorsqu'on a été riche et que l'on devient plus pauvre que les pauvres, on vous abandonne et bien sûr, vous n'intéressez plus personne. Il ne vous reste rien, juste une solitude totale.

L'indifférence du monde lors des feux de forêts en Australie qui ont tué des millions d'animaux et détruit un nombre incalculable de végétations a profondément choqué certaines personnes, puisque que très peu d'aide extérieure a été présente.

Seuls l'argent et l'empire d'un pouvoir économique vont bientôt s'effondrer. Partout dans le monde, les femmes et les hommes se révolteront à cause de la précarité face à trop de richesses.

La connaissance et la culture ont ouvert les esprits des peuples opprimés. Ne soyons pas alarmistes, mais conscients d'une nouvelle forme de justice universelle. Le monde deviendrait un univers solidaire d'amour, mais seulement après de nombreuses catastrophes.

Les hommes deviendront unis par un idéal, celui du sauvetage de notre faune et de notre flore.

Compagne de l'âme, la solitude permet comme dans un miroir, de nous regarder pour mieux nous juger, mais surtout d'augmenter notre compassion envers les autres, ceux qui souffrent dans la maladie, la pauvreté et le manque d'amour. L'égoïsme est la gangrène de l'esprit, mais aussi celle du cœur.

La femme incarne en ce monde un des nombreux mystères. La découvrir reste un défi, elle est semblable au caméléon, ses humeurs varient. Cependant, rien n'est plus exquis lorsqu'on l'a conquise, elle devient un puzzle. Si on la comprend alors on aura reçu le meilleur d'elle-même.

Peu de gens sont heureux, mais cela ne dépend pas d'eux-mêmes, sinon de leur destin et des circonstances qui ont pourri leur existence. La vie s'amuse d'eux et au moment où tout semble perdu et désespéré, dans certains cas, une aide jaillit soudainement pour leur offrir l'espoir et le bonheur.

Une femme n'est plus désirable lorsque sa jeunesse et sa beauté la quittent, lorsqu'elle se retrouve dans l'hiver, la saison la plus difficile et hostile, il ne lui reste que son cœur, ses pensées, ses beaux souvenirs et enfin la mort qui l'attend pour l'emporter vers une autre dimension mystérieuse.

La vie doit être faite de tendresse, d'amitié et n'a de valeur que par les actes que nous avons réalisés sur cette terre comme étant un devoir d'humanité.

Une femme au corps troublant peut vous faire voyager à l'intérieur d'elle et sa nudité vous retenir prisonnière pour la désirer. Sentir son souffle, sa peau, son cœur battre, devenir sa semblable, partager sa folie, son fantasme et être sa bien-aimée, c'est l'aimer doublement.

Quand elle rejoint une autre femme dans ses silences, ses désirs et ses envies d'elle, cette femme devient la plus heureuse des femmes. L'amour d'une femme fait chanter son cœur et son âme explose de joie, sa vie devient une renaissance. Elle lui offre son bonheur comme un cadeau, plus rien ne compte d'avantage qu'elle sur cette terre.

Ecrire est une délivrance, un acte intime, une confession. Cela permet de tout dire, de se livrer à nu, de se donner sans retenue ni tabou comme on se donne en faisant l'amour, cela nous grandit et nous porte tout en haut, au sommet de la béatitude qui guérit nos blessures, nos échecs et nos doutes, pour nous offrir la beauté du monde, puisque par le rêve nous atteignons le merveilleux.

L'ingrédient le plus important dans l'écriture est d'avoir de l'imagination. Si le suspense n'existe pas, l'histoire restera sans attrait.

Aimer pour la première fois et aimer pour l'ultime fois est un privilège des Dieux. Qu'importe l'âge puisque seul le cœur en décide et reste le maître. Ce qui sera, arrivera malgré nous, car l'amour est un magicien.

Quand la conscience s'interroge et que le cœur n'a pas de réponse, le désespoir s'empare de nous. L'espérance d'un amour qui pourrait guérir tous nos maux serait une joie. Hélas, la vie donne plus de coups de fouets que de douceurs.

Il est facile d'aimer, mais être aimé reste l'acte le plus complexe à obtenir et parfois même impossible. Rien ne pourra plus les séparer. Désormais la tendresse, le respect, la fidélité, le partage, la liberté et tant d'autres qualités de cœur les feront triompher du parfait amour.

Elle ne sait pas encore qu'elle l'aime, pourtant une certitude s'installe peu à peu. La vie de l'autre prend une nouvelle direction, celle du bonheur et de couleurs d'arc en ciel, elle sera pour elle une renaissance, un nouvel amour.

Qu'est-ce qu'un artiste ? Il possède une particularité, celle d'une extrême sensibilité à fleur de peau, ce qui le différencie des autres personnes, car il a besoin de s'exprimer sous différentes formes pour se sentir vivant, puisqu'il rejoint une autre dimension, celle du rêve et du merveilleux dans la musique, mais aussi dans le chant et l'écriture.

La voix est une musique envoûtante et sensuelle qui charme le cœur. Puis, vient le regard qui atteint le plus profond de nous pour séduire. La musique vous console, vous apaise, vous réconforte et vous guérit. La musique embellit l'âme et le cœur. Elle nous inspire artistiquement, car elle est le lien de la créativité.

L'amour entre deux femmes reste un mystère, car il n'y a rien de plus fort ni de plus troublant que deux corps semblables lorsqu'ils s'unissent au-delà des convenances. La société façonne à son image ce qui l'arrange, mais ne glorifie pas assez l'amour des femmes qui s'aiment.

Quand la voix est l'écho d'une musique mélodieuse et que la féminité est celle d'une femme aux formes belles et désirables, comment ne pas succomber à tant de désir?

N'est-ce pas déjà une image de paradis lorsque l'amour d'une femme vous choisit ? Ni l'argent, ni les honneurs ne peuvent combler ce cadeau si précieux et tellement merveilleux que de deux amantes amoureuses.

Partageons ensemble les plaisirs de la chair de nos cœurs inséparables et amoureux. L'amour entre femmes, sont deux corps sensuels aux caresses impudiques et aux baisers brûlants. Leurs cœurs troublés font d'elles des amantes insatiables et comblées.

Etre femme, n'est-ce pas la plus belle création surtout lorsqu'une femme naît belle ? Je veux parler de la véritable beauté et non pas du physique en général. Lorsqu'il y a une fusion amoureuse entre deux jolies femmes, c'est déjà le paradis sur terre.

Quoi de plus beau et de plus troublant que le corps d'une femme ? Cette vision colle à la peau comme un songe et on a plus que le désir et l'obsession de la posséder.

Il ne peut y avoir dans les récits érotiques que de l'amour dit avec délicatesse, beauté et poésie. La laideur ne peut venir que d'une âme vicieuse, mais quand le cœur est amoureux, tout devient merveilleusement beau.

La vie n'est qu'une suite de joies, de douleurs et de bonheurs. Il faut accepter notre karma, puisque nous ne sommes que de passage sur cette terre. L'âme nous conduira vers la sagesse et l'éternité tandis que le cœur nous apprendra ce qu'est l'amour, la fusion de deux cœurs ardents.

Qu'est-ce que l'amour?

C'est lorsqu'elle pense à vous et que vous ne vous y attendez pas, c'est lorsqu'elle rit aux éclats et que son sourire éclaire votre visage avec émerveillement, c'est quand vous la sentez libre et qu'elle partage avec vous ses espoirs, ses joies et ses ambitions. C'est quand elle n'a plus d'âge et qu'elle rejoint secrètement vos pensées en une symphonie de couleurs. C'est quand la pluie inonde votre visage pour laisser place au soleil de son cœur.

Ce ne sont pas les paroles que nous écrivons et que nous couchons sur le papier dans nos moments nostalgiques ou heureux qui font de nous des écrivaines ou des écrivains. La lectrice et le lecteur qui partageront nos émotions, nous rendront bienheureuses et bienheureux. Cela sera notre seule récompense. Rien d'autre !

L'amour physique ne peut pas être un acte sexuel, mais plutôt une communion de la chair. Dans l'intimité du cœur et de l'esprit, nous touchons une autre dimension, celle du véritable amour.

Quand l'âme est l'amie du cœur, l'esprit s'épanouit pour aimer à l'infini. La passion est un poison, car sans se connaître, il n'y a que l'attirance des corps. Que deviendra la découverte de nous deux lorsque tout sera différent ? C'est alors que l'on risque de souffrir par une séparation brutale, puisque nous étions dans le rêve et non pas dans la véracité.

La mélodie d'une belle musique favorise les jolis mots dans l'écriture ainsi que la création d'une belle peinture. L'art est l'aboutissement de ces trois éléments à la fois et rien ne saurait les dissocier.

Faut-il souffrir pour mieux réveiller en nous notre conscience et notre moi profond? Devenir notre propre amie par une force spirituelle vers la contemplation. Les belles âmes sont nos véritables compagnes qui nous offrent leur moitié pour enrichir les nôtres.

Les pensées destructrices et négatives transmettent à notre corps un poison, tandis que les pensées positives et salvatrices fleurissent dans notre cœur pour nous rendre meilleur, telle que l'émotion consentante, brûlante et troublante avec l'envie de faire l'amour pour sceller leur corps en une étreinte passionnée. Un désir torride vous envahit. Vous ne résistez pas à son pouvoir de femme.

.

Il y a dans les yeux de son regard, comme une empreinte aux couleurs pastel. Dans ce silence où il n'y a pas de frontière, vous vous envolez vers elle pour la rejoindre.

Si nous n'avons pas de cœur, nous n'avons rien. Nous sommes pauvres et malheureux. C'est un monde froid, cruel et insensible. L'amour seul peut atteindre un autre cœur pour nous révéler un suprême bonheur.

Plus une femme se laisse désirer, plus elle devient le fruit de la tentation en se révélant infiniment précieuse.

Il y a deux façons d'aimer. Celle avec le cœur et celle avec le corps. L'idéal serait de posséder les deux à la fois.

Notre cœur est le miroir de ce que nous sommes réellement. Quand le masque tombe, le reflet de nos sentiments nous révèle la vérité.

Tout se résume au sexe, à l'argent et à la beauté d'un joli corps. Mais, lorsqu'il en est autrement, il n'y a plus personne autour de nous, car les amis se font rares. C'est le vide total. Il n'y a qu'une belle âme désintéressée pour nous combler d'un réel amour, mais elle est si rare à trouver.

Dans la vie il y a des fautes que l'on ne se pardonne jamais. La jeunesse a ses faiblesses et l'âge mûr ses regrets. Quelle est la faute la plus grave ? Ce que l'on n'a pas pu faire ou bien ce que l'on aurait du faire ? Le cœur est partagé en deux par son côté heureux et son côté malheureux. Lorsqu'il devient stable, il aspire à un bonheur éternel.

L'amour, celui du cœur est une pensée à la note musicale, accompagnée d'un sourire. Dire je t'aime, ne peut-être qu'unique et pour toujours afin d'enchanter nos jours et nos nuits de rêves brûlants et ensorcelants. C'est une chanson d'amour que l'on voudrait éternelle.

La nature nous envoie un message fort. Femmes, hommes et enfants sauvons notre planète, c'est notre devoir et notre priorité, car elle est notre véritable raison. Allons vers un monde d'amour, de compassion et de partage.

L'égoïsme est un poison et l'avarice pire encore. Soyons solidaires dans un monde meilleur. Notre fin de civilisation est proche, celle de ce monde actuel vient de commencer, le cycle du verseau conduira à de grandes catastrophes de toutes sortes. La nature reprendra ses droits. Notre planète ne peut qu'évoluer qu'en différentes façons.

Nous ne sommes pas des acteurs, mais des participants en agissant pour le bien d'un nouveau monde à venir. Préparons-nous avant qu'il ne soit trop tard !

Une femme peut être une folie dans notre vie, car son amour possède tous les pouvoirs de nous transporter dans l'extase. Elle a en elle le charme, l'intelligence, l'harmonie. Elle est tout à

la fois, une mère, une amie, une amante
et une confidente, mais aussi une muse.

Elle est cette passion tumultueuse qui
fait bouillonner votre sang, parce que
vos joues sont en feu et votre corps se
réclame comme une récompense. Elle
est votre oiseau des îles, mystérieuse et
éclatante. Une porcelaine fine et fragile.
Vous retenez son cœur entre vos mains
comme un joyau. Elle doit vous
rejoindre et vous suivre dans votre jardin
secret.

Vous voudriez qu'elle soit votre
fiancée, celle que l'on courtise et pour
qui l'on donne son cœur et sa vie.

Il y a des mots qui sont semblables à
des coups de poignard et que l'on ne

devrait pas dire, car ils sont plus dangereux qu'un poison !

Se mettre à la place de quelqu'un d'autre, c'est ne plus vouloir exister. Quelle étrange chose que de penser que l'on est rien et tout à la fois. Où cela peut-il conduire ? Avoir compris que personne n'est seule en ce monde, mais solitaire et que l'amour est notre seule arme pour continuer à vivre … est peut-être une des réponses que l'on se pose.

Puisqu'elle ne pense plus à vous et que vous faites face à votre destin, malheureuse, désemparée et désorientée. Elle ne vous aime plus, mais vous a-t-elle seulement aimée une seule fois ou n'était-ce qu'une chimère ?

Vous voudriez être son esclave d'amour pour que le feu de s a bouche brûle chaque recoin de votre corps et que ses doigts frémissants vous découvrent, vous caressent et vous inventent. Vous êtes sa courtisane, sa bien-aimée, sa déesse aux jeux libertins.

Elle est farouche, ombrageuse, angélique, excitante et voluptueuse. Elle provoque en vous l'émoi, le frisson, l'ivresse et l'éblouissement de sa beauté féminine.

L'amour est un battement du cœur. C'est une pensée profonde pour lui dire que vous êtes triste quand elle est loin de vous. Au creux de vos bras, elle réveille une sensation unique d'évasion et de plénitude.

Une rupture laisse un goût amer, une cicatrice dans le cœur, mais une blessure à jamais ouverte dans l'âme. Faire souffrir, c'est mourir dans sa chair par médiocrité, petitesse et ignorance.

Créer le bonheur, c'est le défier pour ressentir chaque vibration heureuse qui est le contraire du déchirement lors d'une séparation.

Vous voudriez qu'elle soit votre femme, pour que pendant la nuit, vous vous glissiez dans son lit pour l'initier aux caresses et aux jeux de l'amour. De son corps, vous en feriez un temple d'adoration, de sa bouche un lieu de désir et de son sexe un paradis d'extase.

Son rire ressemble à celui du chant d'un oiseau. Pour vous, elle est une eau cristalline, pure et fraîche pour vous abreuver quand vous avez soif d'amour. Farouche comme une biche, forte comme le roc, pour vous défendre contre toute intrusion, pourtant si fragile en apparence. Vous êtes son obligée et sa possession pour mieux vous protéger

Quand elle prend votre sein, ses yeux chavirent et se ferment pour mieux le goûter et le savourer. Ses doigts avides pressent votre mamelon pour l'enfoncer délicatement dans sa bouche. Cela devient une drogue pour vous dont vous ne pouvez plus vous passer, une douce chose.

Vos mains se veulent douces comme le velours et vos mots deviennent caressants. Votre cœur s'enflamme et votre âme se trouble. Il y a en vous les fleurs de l'âme et toutes les femmes réunies en une seule comme un bouquet fleuri au parfum capiteux.

L'amitié est l'or du cœur, mais l'amour en est le diamant.

Puis elle vous a rayée sans bruit d'un coup de crayon, puisque vous envahissiez trop ses pensées par des images imaginaires. Il ne fallait plus que vous existiez !

Il y a des moments où l'on ne sait plus si on est vivant ou bien si on appartient à une autre dimension? L'âme et le cœur s'affrontent dans une dualité réciproque constante pour faire de nous les plus beaux spécimens de la création.

L'amour est fragile, on voudrait le détenir toute une vie ? Cela est impensable. Une femme est un oiseau et ne peut pas être en cage. Pour la garder longtemps et peut-être toujours, il faut l'adorer. Chaque jour lui offrir des surprises, lui dire qu'elle est belle, lui donner des fleurs et tout ce qu'elle aime, lui faire l'amour quand elle le désire et ne rien attendre d'elle en échange. Tel est le secret d'un couple amoureux et harmonieux.

Quand on est comblé, on ne cherche pas à voir ailleurs. L'intelligence, le charme, la beauté, la séduction, la simplicité, le bon goût, le savoir vivre d'une femme sont des trésors inestimables.

Un brin de masculinité et un autre de féminité ; elle peut être les deux Comment ne pas admirer un tel être sur la terre qui est plus qu'un homme, un animal ou une fleur ? Puisque c'est une déesse à moitié ange.

Ne plus avoir d'identité, se sentir vagabonde, avoir perdu son pays, être et ne plus être. Renier son passé comme si on était maudite ? Avoir la peur au ventre chaque jour et l'espoir de survivre dans un pays qui n'est pas le nôtre. Garder la tête haute en continuant un chemin inconnu peuplé d'incertitudes et d'espoirs.

Dualité : Force et faiblesse, Corps et esprit, Humain et animal. Que sommes-nous? Que devenons-nous? Lorsque le cœur est blessé, nous devenons des sous-humains. Il ne reste plus qu'un combat personnel à accomplir, car nous devenons des oubliés de ceux qui ne nous aiment plus. Sans amour, la lutte cesse et l'espoir devient si sombre, que la mort en est plus douce…

L'amour est le sel de la vie. Le soleil est pour la nature sa raison d'exister. Etre Hermite et solitaire privé de tendresse et de compassion devient un état second au bord d'un précipice entre la terre et le ciel, le cœur bat de moins en moins vite pour s'éteindre doucement. Des larmes de sang sont le vestige d'une vie qui s'enfuit.

L'amour est le chant du cœur. Sourire, rire, joie et bonheur. Maître de la vie, il en fait ce qu'il veut, car il en a tous les pouvoirs. Rien ne peut lui résister. Perpétuel troubadour, c'est un poète et un charmeur.

Qu'est-ce qu'une belle personne ? Elle possède plusieurs aspects. Son physique, sa personnalité, son charme, sa gentillesse et son charisme envers les autres.

La beauté se fane avec le temps, tandis que les qualités du cœur grandissent et deviennent plus nobles.

Il y a de doux mots que l'on voudrait prononcer comme de puissantes paroles pour guérir tous les maux de la souffrance humaine.

Des femmes violées, des êtres innocents comme les enfants, mais salis sexuellement par la saleté d'hommes obsédés qui sont des diables humains.

Lorsque l'on pense dans la vie que tout est perdu, qu'il ne reste que la peine, qu'il n'y a plus d'horizon devant soi, que l'amour n'existera plus et que soudainement quelqu'un apparaît par enchantement sur notre chemin de vie, comme un ange tombé du ciel, c'est alors que l'espoir, la renaissance d'une nouvelle vie nous redonne des ailes. Le cœur explose dans la joie comme une bombe, celle d'un nouveau bonheur à venir.

Aimer et être aimée. Le plus beau cadeau que le ciel puisse nous offrir. Elle est fragile et forte à la fois, mais cache sa détresse par un secret. Elle a subi dans sa vie tant de tourments que blessée au plus profond de son cœur, elle a peur d'aimer. Pourtant, je devine sa souffrance qu'elle dissimule discrètement pour se protéger par un rempart imaginaire.

Il n'y a pas de personne mieux qu'une autre, plus instruite, plus riche, quand il s'agit d'aimer. La souffrance du cœur est identique. L'amour est une bénédiction des Dieux. C'est une alchimie entre deux cœurs

Il y a trois mondes: La terre, la mer et le ciel. La beauté d'une nature sauvage et vierge qui est remplie de trésors pour embellir notre regard. Il y a aussi une vie parallèle à la nôtre qui reste mystérieuse, celle d'un au-delà...

Quand la sérénité envahit le cœur, tout devient silencieux et l'âme complice rejoint des horizons inconnus et nouveaux. C'est alors que commence l'union de deux âmes aimantes.

L'amour physique avec une femme est une communion spirituelle entre deux corps semblables et un même cœur. Une adoration pour honorer sa beauté, car elle est la plus belle création de la terre. Lui offrir des caresses voluptueuses pour lui révéler toutes les sensations intimes qui feront d'elle une femme comblée physiquement et spirituellement pour qu'elle ressente une harmonie totale entre le corps et l'esprit afin de se sentir femme, plus que femme en se donnant totalement.

L'amour en ce nouveau monde que je nommerai universel est celui d'un amour entre une femme et une femme, entre un homme et un homme ou une femme et un homme. L'amour n'a pas de sexe, mais un cœur et une âme.

Nous avons toutes eu dans la vie une belle histoire d'amour, pourtant, si rien n'est éternel, suite à un décès, une trahison, une rupture, notre cœur en souffre et garde profondément en lui une cicatrice. La vie est une succession de blessures et de bonheurs.

Tomber mille fois et se relever mille fois. Attendre le miracle de l'amour sans se lasser d'espérer, aimer et être aimée, mais cela ne peut venir que de la bénédiction de Dieu, car c'est le plus précieux cadeau que l'on puisse recevoir sur cette terre.

La musique est un lien d'inspiration. On compose sans jamais savoir quelle sera la fin d'une histoire. Seul le cœur parle et la main écrit. Etre amoureuse de son héroïne. Rire, chanter, pleurer, danser, se sentir heureuse ou malheureuse, vivre ou mourir, l'amour et la joie sont un réconfort, la tristesse un chagrin.

Si une femme n'a pas de charme, on reste insensible à sa beauté. Cependant, elle sera incomparable et belle avec une touche d'originalité si elle ne ressemble à aucune autre femme pour faire battre notre cœur !

Pourquoi les animaux sont-ils si importants ? Ils n'ont pas la parole, mais possèdent un sens aigu de fidélité et leurs yeux expriment ce que leur cœur veut nous transmettre comme un message. Par leur amour, ils sont nos amis, car ils comprennent nos douleurs, nos chagrins, nos joies. Ils possèdent un corps identique au nôtre et une âme qui au moment de la mort partira comme nous vers l'au-delà.

Ce sont des êtres de lumière. Comme des enfants, nous en avons la responsabilité. Leur innocence, leur fragilité et leur confiance font de nous des personnes responsables.

Un jour par hasard, vous l'avez retrouvée et reconnue. L'amour vous a de nouveau atteint en plein cœur. Son sourire, ses yeux pétillants et mystérieux, sa douceur et son charme vous ont enchantée. Elle chante en vous, vos pensées lui appartiennent pour toujours. Sa voix chaude vous trouble et vous emporte vers des rêves féeriques. C'est ainsi que vous devenez amoureuse d'une femme délicieuse et charmante.

L'amour physique avec une femme est une communion spirituelle. C'est une adoration pour honorer sa beauté, car elle est la plus belle création de Dieu. Lui offrir à l'infini pour la combler, des caresses voluptueuses par des sensations intimes. L'harmonie du corps et de l'esprit sont indissociables.

Le corps n'est qu'une peau vieillissante qui change d'aspect au fur et à mesure des années. S'il a été beau dans la jeunesse, il ne ressemble plus à ses désirs, mais, la beauté intérieure au fur et à mesure des années devient de plus en plus belle et c'est en cela que l'être humain devient éternel dans la mort par son âme resplendissante de lumière. Des milliers d'âmes sont présentes parmi les Archanges et les Anges. Dieu en est le créateur !

Se connecter à l'univers, ne plus ressentir ce qui fait mal, fuir ce monde injuste et cruel qui n'a plus de valeurs humaines, ni de compassion, ni de justice, ni d'amour. Nous, pauvres humains avons oublié de partager entre nos sœurs et nos frères de la Terre un amour universel. Honte à nous !

La récompense est le fruit d'un long chemin parcouru fait d'incertitude, d'espérance, de joie, de peine, de persévérance, de réussite, de chute, de trahison, de solitude en ne cédant jamais pour atteindre l'objectif d'un but acquis et mérité.

© 2022, Michèle Marie Lapanouse
Édition : BoD – Books on Demand,
12/14 rond-point des Champs-Élysées, 75008 Paris
Impression : BoD - Books on Demand,
Norderstedt, Allemagne
ISBN : 9782322394579
Dépôt légal : Avril 2022